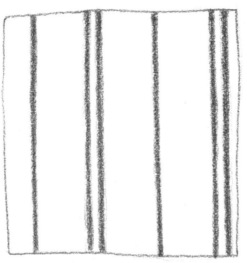

No. T0004

No. T0008

No T0006-B

No. T0005

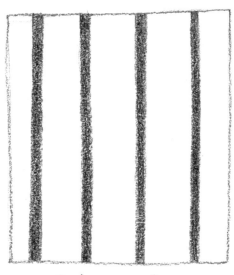
Toile de fond

RENÉE FRENCH
TOILE
DE FOND

L'Association

Vingt-Deuxième Volume de la Collection *Côtelette*,
Toile de fond, de Renée French,
a été achevé d'imprimer en août 2007
sur les presses de l'imprimerie
Dumas-Titoulet à Saint-Étienne, France.
Dépôt légal 3ᵉ trimestre 2007.
ISBN 978-2-84414-247-4.
©L'Association, 16 rue de la Pierre-Levée,
75011 Paris. Tél. 01 43 55 85 87,
Fax 01 43 55 86 21.

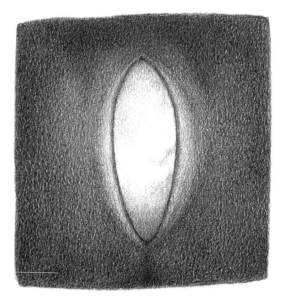

Edison Steelhead est né sur le sol de la cuisine.

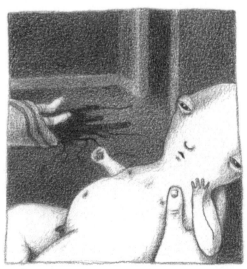

Sa mère ne lui a pas survécu.

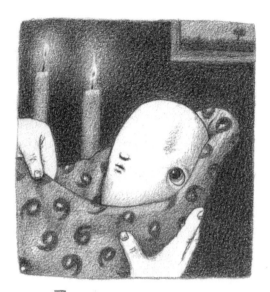

Tu as mon visage.

Alors nous partirons.

Là où personne ne pourra le voir.

... et de fines particules de verre volcanique...

...Un curieux assemblage de roues,
d'engrenages et d'essieux...

Des années plus tard...

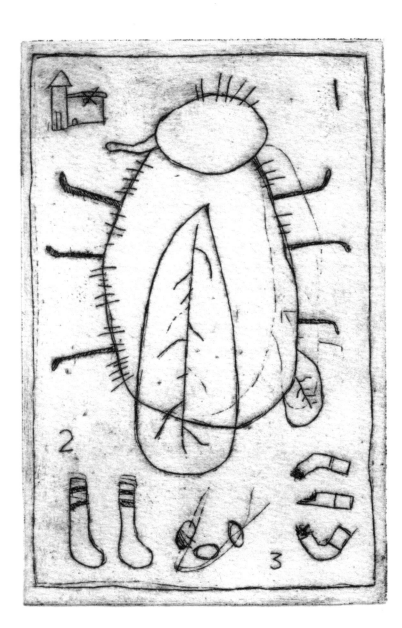

Dans la salle de séjour...

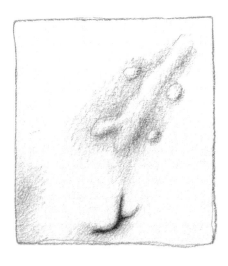

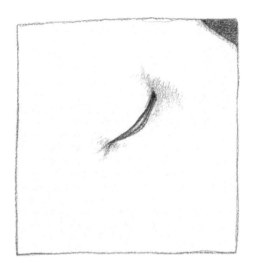

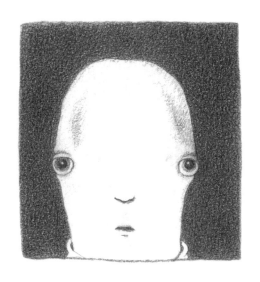

Va te laver les mains avant le dîner s'il te plaît.

Papa, c'est quoi ces cicatrices sur ton visage ?

Mange ta viande, Edison.

Après le dîner...

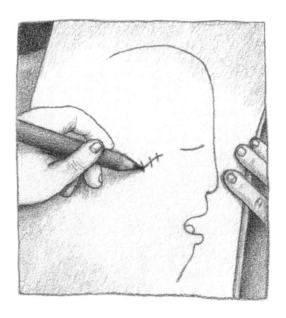

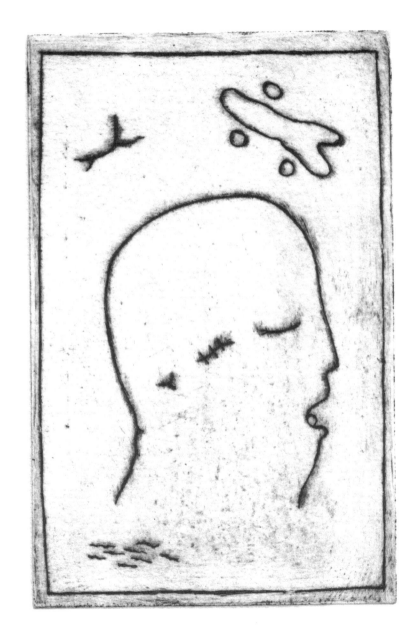

Je t'ai fait un dessin, Papa.

EDISON STEELHEAD! OHÉ LÀ HAUT!

Papa!

Un bateau!

Ed, couvre-toi s'il te plaît.

Il aura peut-être de la bonne viande. On pourra se faire des sandwiches.

Et peut-être des panopes.

Papa, il a apporté des panopes ?
Je ne sais pas, tu n'auras qu'à le lui demander.

DÉSOLÉ JE SUIS EN RETARD, CALVIN.

Ce n'est pas grave. Viens donc boire un verre à la maison.

AVEC PLAISIR. MAIS D'ABORD, DES PANOPES POUR EDDIE.

Merci, M. Lauder.

Un peu plus tard...

Edison, c'est l'heure d'aller au lit.

D'accord, Papa.

JE FERAIS MIEUX DE FILER, CALVIN.
À LA PROCHAINE, FISTON.

Bonne nuit, M. Lauder.

BONNE NUIT, ED.

Bonne nuit, Papa.

Coucou.

Il n'a pas aimé mon dessin.

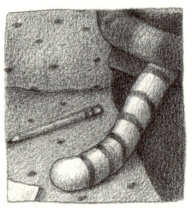

Il l'a tellement détesté
qu'il l'a jeté.

...die Sprache nicht sprechen, lesen oder verstehen können, oder die grafischen Darstellungen...

Un matin...

C'est l'anniversaire de ta mère.

Elle aurait voulu que tu aies ceci.

Des pinces !

Prends en grand soin.

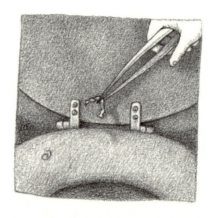

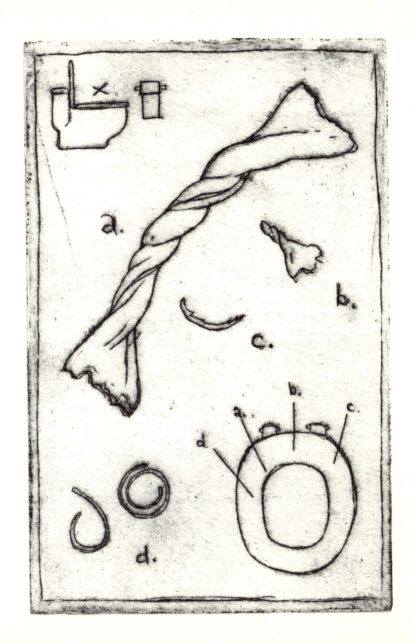

C'est quoi ces lumières, Papa ?
Des maisons.

Au lever du jour...

As-tu pris ta brosse à dents?

Oui, Papa.

N'aie pas peur.

Je n'ai pas peur.

Tu peux te retenir ? On est presque arrivés à l'hôtel.

On pourra faire un tour dehors ?

Peut-être demain après ton rendez-vous.

Qu'est-ce que tu voudrais manger Edison ? J'appelle la réception.

Le lendemain matin...

Redresse-toi s'il te plaît.

AH, BONJOUR.

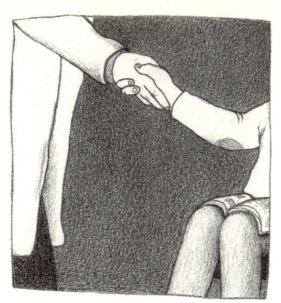

RAVI DE VOUS REVOIR, CALVIN.

VOUS AVEZ L'AIR EN FORME.

BONJOUR MON PETIT.

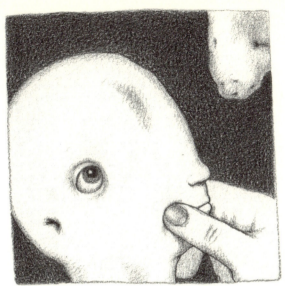

TU DOIS ÊTRE EDISON.

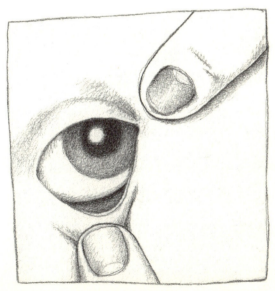

JE SUIS LE DOCTEUR LAMB.

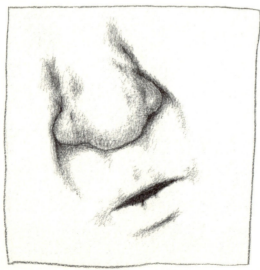

JE SUIS CONTENT QUE VOUS ME L'AYEZ AMENÉ, CALVIN.

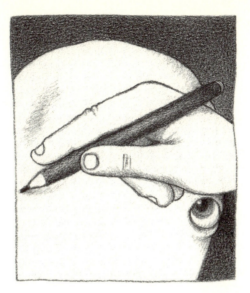

EDISON, JE VAIS JUSTE TRACER QUELQUES REPÈRES SUR TON VISAGE.

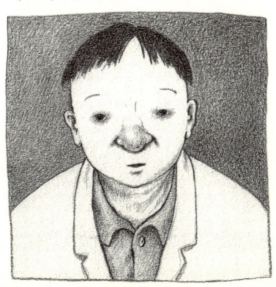

ÇA NE FERA PAS MAL.

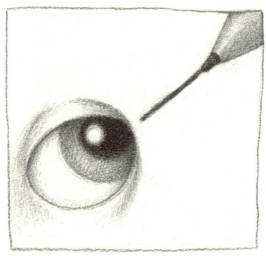

ET VOILÀ...

...C'EST PRESQUE FINI.

Tiens-toi droit pour le docteur, Ed.

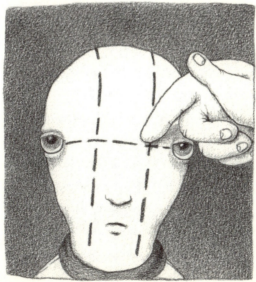

ON POURRAIT CREUSER DES ORBITES ICI.

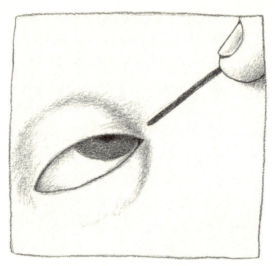

... ET ICI.

LE PLUS TÔT SERAIT LE MIEUX.

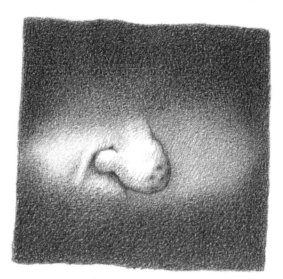

ÇA NOUS FACILITERAIT LA TÂCHE...

GARÇON SENSIBLE.

Hum, oui.

Papa?

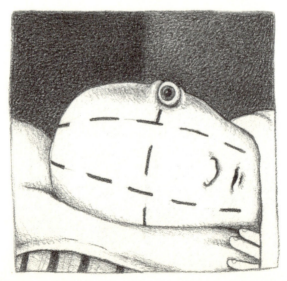

Je ne veux pas être opéré.

Peut-être quand tu seras plus grand.

Avant le lever du jour...

Comment ça va?

Bonjour.

J'ai quelqu'un à te présenter.

Ta nouvelle petite sœur...

Patty.

Allez, fais-lui un câlin.

Tu vois, elle t'aime bien.

Je vous laisse faire connaissance tous les deux.

Papa?

Non rien.

Très bien.

Un jour je partirai.

Et personne ne s'en rendra jamais compte.

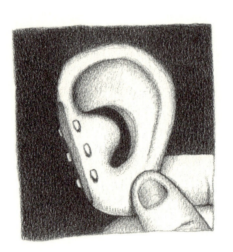

J'ai trouvé ça dehors.

C'était à toi?

Donne-le moi s'il te plaît... la boîte aussi.

Désolé.

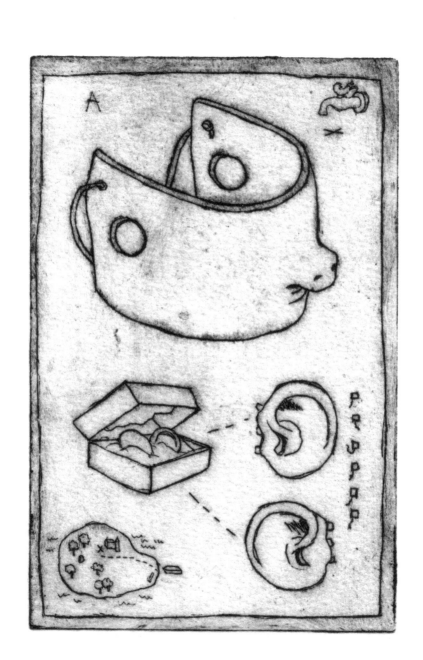

...Saint Marin, Singapour, Slovénie...

Parfois je trouve de beaux specimens par là-bas.

Tiens, c'est la mouche dont je te parlais.

Non Patty !

C'est donc ta réponse à tout ?
Tiens, ça m'a l'air intéressant,
Je crois que je vais le manger.

Tu es idiote.
Tu ne comprends rien à rien.

Laisse moi tranquille.

Ne remue pas les orteils.
Ne bouge pas s'il te plaît.

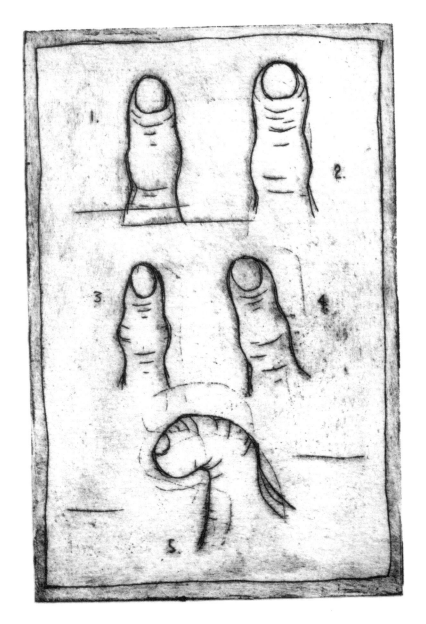

Des années plus tard...

Au revoir.

Pourriez-vous me monter une assiette de spaghettis et un coca s'il vous plaît ?

C'EST LE PETIT-DÉJEUNER

BONJOUR?

Une minute.

JE VOUS LE LAISSE DEVANT LA PORTE, MONSIEUR ?

Non, non merci.

Pouvez-vous le déposer sur le lit s'il vous plaît ?
BIEN ENTENDU, BONNE SOIRÉE, MONSIEUR.

Merci.

Une semaine plus tard.

Bon spectacle, Monsieur.

Un an plus tard...

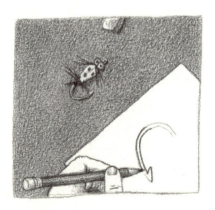

LES MOUCHES. LES MOUCHES.

Comment es-tu arrivé là ?

As-tu au moins un visage là-dessous ?

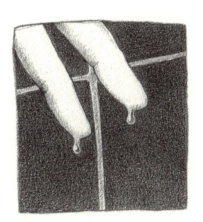

Illustrations de Edison Steelhead.

Hein?

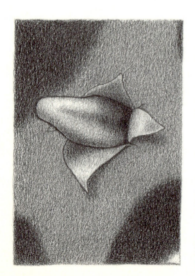
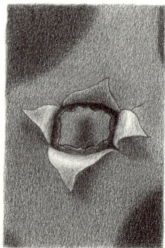

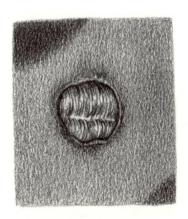

Quoi ?

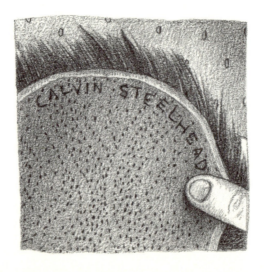

Papa ?

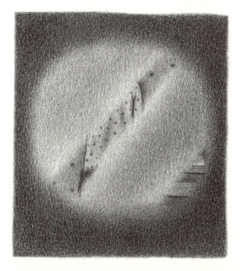

Ohé ?

Coucou ?

Papa?

Patty.

Que s'est-il passé ?

Que faisait-il ici ?

Je te la rends.

Hein... donne-moi quelques heures, OK?

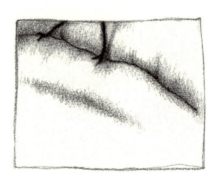

NON! Patty! Recrache-la!

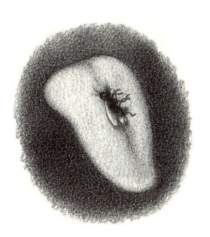

Merci.

Belle prise.

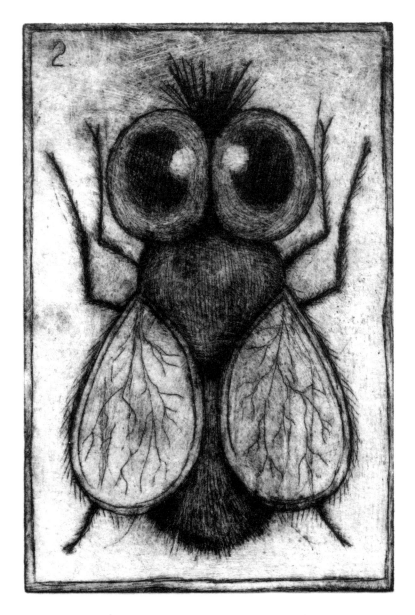

Fin.

No. T0010

Traduit de l'anglais (États-Unis)
par Fanny Soubiran.
Lettrage : Fanny Valle-Rive.

Published by arrangement with
Renée French & Top Shelf.
Édition originale : The Ticking,
Top Shelf Productions,
Marietta, USA 2005.

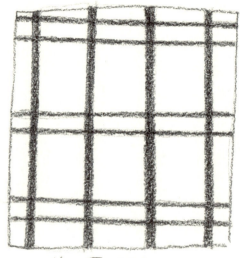

No, T0006

Remerciements

Oliver Broudy, Jordan Crane, Jamie Rich, Scott Teplin, James Gunn, J.C. Menu, Myla Goldberg, Dani Stockdale, Colin Summers, Suzy Cline, Lil & Bill Gladding, Dave Cooper, Ted Stearn, Jeffrey Brown, Lark Pien, Penn Jillette, Sammy Harkham, Svein Nyhus, Anke Feuchtenberger, Brett & Chris, Ann Bobco, Lisa Rosko, Paul Provenza, Charlie Manlove, Sean Tejaratchi, Patty DeFrank, Tom Spurgeon, Dean Cameron,

Et tout particulièrement Rob Pike.

No. T0009